ISBN : 2-07-050630-4
© Éditions Gallimard, *Histoires*, 1963 pour le texte
© Éditions Gallimard Jeunesse, 1992, pour les illustrations
et pour l'édition en Folio Benjamin
Numéro d'édition : 79147
Loi n° 49-956 du 16 juillet 1949
sur les publications destinées à la jeunesse
Dépôt légal : janvier 1997
© Christiane Schneider und Tabu Verlag Gmbh, München
pour le design de la couverture
Imprimé en Italie par la Editoriale Libraria

Gallimard Jeunesse

Jacques Prévert

*

Chanson pour les enfants l'hiver
Les prodiges de la liberté

Images de Jacqueline Duhême

folio. benjamin

Dans la nuit de l'hiver
galope un grand homme blanc
galope un grand homme blanc

C'est un bonhomme de neige
avec une pipe en bois

un grand bonhomme de neige
poursuivi par le froid

Il arrive au village
il arrive au village
voyant de la lumière
le voilà rassuré

Dans une petite maison
il entre sans frapper
Dans une petite maison
il entre sans frapper

et pour se réchauffer
et pour se réchauffer
s'assoit sur le poêle rouge
et d'un coup disparaît

ne laissant que sa pipe
au milieu d'une flaque d'eau
ne laissant que sa pipe
et puis son vieux chapeau…

CHANSON POUR LES ENFANTS L'HIVER

Dans la nuit de l'hi - ver ga - lope

un grand homme blanc. Ga-lope un grand hom - me blanc. C'est un

bon-hom-me de neige a - vec u - ne pipe en bois, un grand

bon-hom - me de neige pour sui - vi — par le froid Il ar-

rive au vil – lage, il ar – rive au vil – lage, voy – ant

de la lu – mière le voi – là ras – su – ré. Dans une

pe – ti – te mai – son il en – tre sans frap – per. Dans une

pe – ti – te mai – son il en – tre — sans frap – per, et pour

se ré – chauf – fer, et pour se ré – chauf – fer s'as – seoit

sur le poè – le rouge et d'un coup dis – pa – rait ne lais –

– sant que sa pipe au mi – lieu d'u – ne flaque d'eau, ne lais –

allarg.

– sant que sa pipe et puis son — vieux cha – peau

Les prodiges
de la liberté

Entre les dents d'un piège
La patte d'un renard blanc

Et du sang sur la neige
Le sang du renard blanc

Et des traces sur la neige
Les traces du renard blanc

Qui s'enfuit sur trois pattes
Dans le soleil couchant

Avec entre les dents
Un lièvre encore vivant.

A chaque petit livre que j'illustre
(que je mets en images) - ce mot un peu
compliqué d'illustration ne plaisait ni à
Paul Eluard, ni à Jacques Prévert-, je crois
sentir la présence de Jacques qui regarde
par-dessus mon épaule ce que je vais
dessiner et qui s'en amuse. J'attends,
le crayon en l'air ses critiques ou
son approbation. On ne s'habitue jamais
à l'absence de Jacques quand on l'a si bien
connu, mais, le lire, le rend peu à peu
à nouveau présent, d'une présence
lumineuse. Ses mots, ses poèmes
m'émeuvent, comme lorsqu'il les lisait lui-
même, et j'écoute sa voix.
Merci à Jeanine, sa femme, de m'avoir
confié ses textes et ainsi de le perpétuer.

Je me souviens de l'extraordinaire goût
des couleurs de Jacques, un goût et
des choix de peintre et je me remets
dans l'esprit de ce qu'il aimait tant
dans les dessins d'enfants : une utilisation
des couleurs sans limites, sans bornes,
avec juste ce que les mots et le sens
de l'histoire donnent envie de privilégier.

Je rêve que peut-être un, deux, dix enfants
vont aimer les images et auront envie
de lire le poème et l'aimeront encore plus,
comme je l'ai aimé.

Merci à ceux qui m'ont aidé à faire
ce livre pour avoir retrouvé dans la
multitude des écrits de Jacques Prévert,
Les prodiges de la liberté, un petit poème
que je ne connaissais pas (à ma grande
honte). On ne connaît jamais tout à fait
un poète. J'ai souffert avec le renard puis
avec le lièvre, j'ai eu un peu mal. C'est
la vie, parfois si absurde et les enfants
le comprennent très vite. Mais c'est
un très beau poème et j'ai beaucoup aimé
le mettre en images.
J'espère qu'après avoir regardé les dessins,
lu les poèmes, les enfants, petits et grands,
garderont le souvenir de la neige d'une
nuit d'hiver, du soleil couchant et de ce qui
peut se passer de si émouvant dans ces
fables merveilleusement racontées par
Jacques Prévert.

Jacqueline Duhême

Si tu as aimé ce livre, voici d'autres titres
de la collection *folio benjamin* adaptés à ton âge